CAUSE

CÉLÉBRE

AVERTISSEMENT

DU LIBRAIRE.

CE Mémoire fit beaucoup de plaisir lorsqu'il parut en 1751. Comme il est devenu fort rare, qu'il mérite d'être conservé, & que le hazard nous en a procuré un Exemplaire avec quelques additions & corrections de l'Auteur, nous avons pris le parti de le réimprimer, persuadés que l'Auteur voudra bien nous pardonner la petite infidélité que nous lui faisons. Nous nous flattons aussi que le Public nous sçaura gré de lui donner un ouvrage qui renferme une critique également solide & ingénieuse des mœurs & des ridicules du temps.

MÉMOIRE (*)

POUR

L'ASNE DE JACQUES FÉRON,

Blanchisseur à Vanvres, Demandeur
& Défendeur ;

CONTRE

L'ASNESSE DE PIERRE LE CLERC,

Jardinier Fleuriste , Demanderesse &
Défenderesse.

LA vie la plus exemplaire , les
mœurs les plus pures ne mettent pas

(*) Cette plaisanterie est de M. R *** D. J. ***,
aujourd'hui Conseiller au Parlement de M * * *

A

à couvert de la calomnie. Ce monſtre pourſuit ſouvent la vertu juſques dans le ſanctuaire de la Juſtice: mais avant qu'il ſoit terraſſé, combien de ſoupirs & de larmes n'en coûte-t-il pas à l'innocence? Trêve de réflexions; elles ſont inutiles, quand on a des faits à raconter qui prouvent évidemment cette vérité.

L'Aſne de Féron eſt accuſé d'incontinence & de méchanceté, après douze ans de preuves du contraire : cette accuſation injurieuſe eſt-elle fondée ? c'eſt ce qu'on va voir.

FAIT.

L'Aſne de Jacques Féron eſt d'une des plus anciennes familles de Vanvres. Sa nobleſſe ſe perd dans la nuit des temps ; l'Auteur du Nobiliaire de Vanvres le fait defcendre en ligne directe du côté des mâles, de l'Afne d'or d'Apulée, & du côté des femelles de l'Afneffe de Balaam. On lit dans quelques Manufcrits du neuvieme & du dixieme fiecle que *la fête de l'Afne* n'a été inftituée qu'en mémoire d'un de fes plus illuftres ancêtres. (*) La branche ainée de

(*) On fera bien aife de trouver ici l'Hymne compofée en fon honneur, & qui eft rapportée dans un manufcrit très-ancien & très-curieux, qui eft à la Bibliothéque du Roi. On n'avance rien au hazard : voici cette Hymne.

> Orientis partibus
> Adventavit Afinus,
> Pulcher & fortiffimus,
> Sarcinis aptiffimus.
> *Hé, Sire Afne, hé !*

A ij

fa maifon eft encore aujourd'hui en
vénération dans les Indes, & regne

Hic in collibus Sichen,
Enutritus fub Ruben,
Tranfiit per Jordanem,
Salut in Bethelem;
Hé, Sire Afne, hé !

Saltu vincit hinnulos,
Dagmas (*) & Capreolos,
Super Droinedarios,
Velox madianeos,
Hé ; Sire Afne, hé !

Aurum de Arabia,
Thus & myrrham de Saba,
Tulit in Ecclefia,
Virtus Afinaria,
Hé, Sire Afne, hé !

Dum trahit vehicula,
Multâ cum farcinulâ,
Illius mandibula,
Dura terit pabula.
Hé, Sire Afne, hé !

(*) Pour *Damas.*

avec splendeur à Maduré, où la plus noble des Castes du pays (*) se fait honneur d'en être issue de peres en fils. Malgré cette origine antique & superbe, le Bisayeul de l'Asne de Féron perdit tous ces avantages par des événemens qui font absolument étrangers à la cause.

Cum aristis hordeum,
Comedit & carduum;
Triticum à palea,
Segregat in area.
Hé, Sire Asne, hé!

Amen dicas Asine,
Jam satur ex gramine,
Amen, amen itera,
Aspernare vetera.
Hé, Sire Asne, hé!

On ne peut pas assurément produire de titres plus anciens. La *Prose* qu'on chantoit aussi à

(*) Voyez le douziéme Recueil des Lettres Edifiantes & curieuses, pag. 96.

A iij

Il fuffit de dire , qu'il fut réduit à porter tantôt du bled au moulin , & tantôt des choux au marché. La chronique fcandaleufe du pays dit que ce fut par fa faute , & que le libertinage lui fit perdre en peu de temps & fon état & fa fortune. Exemple frappant pour tant d'Afnes diffipateurs des biens que leurs peres ont amaffés à grand peine ! Quoi-

cette Fête , moitié latine & moitié françoife , expliquoit les belles qualités de l'Afne , & chaque ftrophe finiffoit par ce refrain :

Hé , Sire Afne , car chantez ,
Belle bouche rechignez ,
Vous aurez du foin affez.
Et de l'avoine à plantez.
Hin-ham , hin-ham , hin-ham.

Voyez à la Bibliothéque du Roi , le manufcrit qui vient de M. Baluze.

Voyez Hiftoire de France de l'Abbé Vely. Tom. 3. page. 542.

qu'il en foit, ce Bifayeul, laiffa une nombreufe famille ; car la pauvreté ne fut jamais ftérile. On croiroit pourtant qu'elle devroit l'être, en voyant ces malheureufes victimes de la mifere, les lieux infects qu'elles habitent, les lambeaux dégoûtans qui les couvrent à peine, les vils alimens qui leur confervent des jours miférables, cette paille immonde fur laquelle elles cherchent, quelquefois vainement dans le fommeil, un court intervalle à leurs maux : à cet affreux fpectacle, dont le riche ne détourne que trop fes regards, il femble que la nature doive mourir ou reculer d'horreur, au lieu de fe reproduire. Il n'en eft rien. C'eft au contraire dans ces alcoves où la moleffe repofe, & qui, dérobées à l'éclat du grand jour, paroiffent aux yeux éblouis & peu accoutumés aux enchantemens, les autels du myftère & des plaifirs : c'eft dans ces retraites où l'art s'eft épuifé pour fervir la volupté, où l'or & l'azur brillent à l'envi, où de raviffantes peintures, rappellant à des fens émouffés & flétris les plus piquantes images de l'amour, font mille fois répétées dans des glaces relevées & foutenues par des guirlandes de fleurs ; où l'air enfin eft fi parfumé, qu'on croit être dans le temple de quelque divinité; c'eft-là, dis-je, au milieu des plus voluptueufes délices, que la nature expire. La Providence l'a de tout temps ainfi réglé pour faire fentir aux riches la mifère qui leur

est propre , & les forcer , à la vue
de leurs tréfors & de leur premier
né mourant , à foupirer après la fé-
condité des malheureux.

L'expérience nous rend fouvent
fages à nos dépens. Martin fecond
furnommé Belle-oreille , (c'étoit
le nom du Bifaïeul ,) profita de
fes malheurs. Sa vieilleffe fut labo-
rieufe : il rappella dans fon cœur
les fentimens que les paffions en
avoient bannis , & quoiqu'humilié fous le bât , il infpira à fes enfans le plus vif amour de la vertu
& le defir de fe tirer un jour de la
trifte fervitude où ils étoient réduits.
Le chagrin & les fatigues abrége-
rent de beaucoup fes jours. Sen-
tant approcher fa derniere heure , il
fit affembler fa famille : une trifteffe

profonde étoit peinte dans tous les
yeux, les larmes couloient, les
oreilles étoient baiſſées, un morne
ſilence regnoit & rendoit la Scene
plus ſombre & plus lugubre. Le
moribond couché dans le coin
d'une étable ſur quelques brins
de paille épars, attendri par un
ſpectacle ſi touchant, jetta un pro-
fond ſoupir. Son état préſent lui
rappella, dans ces triſtes inſ-
tans, plus amérement que jamais,
le ſouvenir de ſa fortune paſſée :
l'impreſſion que lui cauſa ce ſouvenir fut ſi grande, qu'il reſta ſans
pouls & ſans mouvement ; mais
ſortant tout-à-coup de cette léthar-
gie, qui nétoit autre choſe qu'un re-
cueillement intérieur, pendant le-
quel il s'étoit addreſſé à l'Aſneſſe de

Balaam pour obtenir d'elle la faveur qu'elle obtint autrefois , il fit entendre diſtinctement ces mots , cent fois interrompus par la douleur & par les ſoupirs. Vous voyez, mes enfans, à quoi m'a réduit ma conduite paſſée. J'ai diſſipé les grands & fertiles paturages que mes Ancêtres m'avoient laiſſés : ſoyez plus ſages que moi , & profitez d'un exemple qui n'eſt , hélas ! que trop commun. Vous ſerez toujours aſſez riches , ſi vous êtes chaſtes, patiens , dociles & vigilans. Fuyez les Aſneſſes , car toute femelle eſt trompeuſe & vous jette inſenſiblement dans l'abîme. Le bonheur ne conſiſte que dans la vertu : C'eſt elle ſeule qui m'a ſoutenu dans les adverſités que j'ai eſſuyées. Je meurs

content, fi vous ne fuivez que le
dernier exemple que je vous don-
ne : venez , embraffez-moi : Je
fens que je n'ai plus que quelques
minutes à vivre. A peine eut-il
achevé ce difcours , qui n'eft pas
tout-à-fait d'un Afne, qu'il expira.

Quelque cenfeur baroque qui demande du goût, de la précifion, de
la vraifemblance par-tout, trouve-
ra peut-être cette exhortation beaucoup trop longue pour un mourant.
Ce défaut n'en eft point un ici, du
moins notre Afne n'abufe point,
comme bien des gens du monde, de
la faculté de parler. Ce qu'il dit eft
plein de bon fens & de fageffe.
Que de Peres , dont les enfans ont
befoin de pareilles exhortations,
pourroient leur tenir le même lan-

gage, quoiqu'il y ait cent à parier contre un, qu'ils n'en profiteroient pas ! Il n'en fut pas ainsi de ceux de Martin.

On peindroit mal-aisément ici la consternation de toute la famille. Ceux qui pratiquent la piété filiale, n'auront pas de peine à comprendre de quelle affliction un cœur bien né est pénétré dans ces affreux momens. Le deuil fut sincere & de durée : Eh ! comment ne l'auroit-il pas été ? Martin ne laissoit à ses enfans que sa misere !

Arès sa mort chacun d'eux suivit le sort qui lui étoit réservé. Quelques-uns s'établirent, mais ils ne trouverent pas parmi leurs semblables, comme les hommes en trouvent parmi eux, des Asnes dont

la fortune nouvelle auroit pû servir à
relever leur noblesse ruinée. Ils s'al-
lierent à qui ils purent. D'autres furent réduits à la plus vile condition
jusqu'à servir de monture à des Man-
dians paralytiques ou culs-de-jatte.
Le croira-t-on? ils ne furent pas les
plus malheureux: leurs maîtres par-
tageoient au moins avec eux le peu
de nourriture qu'ils recevoient, la
même paille leur servoit de lit, le
même toît les mettoit à l'abri de
l'injure de l'air ; en un mot l'indi-
gence les rendoit égaux. Quelle
différence dans le sort de ceux qui
trouverent des conditions plus opu-
lentes ! harcelés, battus , mal-
nourris & toujours malpayés de
leurs travaux, ils étoient exposés
sans cesse à la mauvaise humeur

d'un maître orgueilleux & brutal ; & ce qu'il y a de plus dur & de plus humiliant encore, à l'insolence de ces maîtres Valets, uniquement faits pour désespérer le Domestique subalterne.

Le plus jeune de la famille des Martins fut le pere de l'Asne de Féron. L'éducation qu'il lui donna fut conforme aux principes qu'il avoit reçus de son pere mourant. Belle-oreille (car l'Asne de Féron avoit hérité du surnom de son Bis-aïeul, parce qu'il portoit les plus belles & les plus longues oreilles du monde ; Belle-oreille donc pro-fita des instructions, crût en sagesse & en beauté, & fut regardé par tous les Habitans, & sur-tout par les Habitantes de Vanvres, comme

l'Afne le plus parfait qu'on eût encore vu. » En effet, il avoit les
» jambes hautes, le corps étoffé,
» la tête élevée & légére, l'enco-
» lure un peu longue, le poitrail
» large, la croupe platte, la queuë
» courte, le poil luifant, doux au
» toucher & d'un gris foncé. (*)»
Mais à quoi fert d'être doué des
plus belles qualités, fi la fortune
ne les accompagne pas? Le mérite
indigent refte fans appui; & fi par
hazard il perce, l'envie auffitôt
cherche à l'étouffer & y réuffit pref-
que toujours. Teleft le monde. Dès-
que Belle-oreille y parut, il fut

(*) C'eft ainfi que l'Afne étalon doit être
choifi. Voyez Tome 4. de l'Hiftoire Naturelle
de M. de Buffon, édition in-4°. pag. 396.

acheté

405.

acheté par Mathieu Garo Meûnier
à Vanvres.

Ce Garo étoit dur & avare. Un
teint jaune & livide, un regard lou-
che & fombre, une barbe rouffe &
touffue qui montoit jufqu'à fes tem-
pes, un menton renflé vers fon ex-
trémité, annonçoient la trempe de
fon ame & de fon efprit. Toujours
occupé à augmenter le produit de
fon moulin, il tiroit habilement d'un
fac deux moutures, & c'eft lui qui
a donné lieu au proverbe : il étoit
paîtri d'ambition, de fot orgueil &
de jaloufie, & il envioit jufqu'au vent
qui faifoit tourner les moulins de
fes confreres. On juge aifément que
tous les animaux domeftiques, hommes & bêtes, devoient être à plain-
dre d'appartenir à un tel maître.

B

A peine nourriſſoit-il le pauvre Belle-oreille. Tous les jours levé à trois
heures du matin, il lui faiſoit faire
plus de cent voyages dans la jour-
née, & lorſque le triſte animal étoit
excédé de fatigues, il le réveilloit
par mille coups de bâtons. Cependant c'étoit Belle-oreille, qui faiſoit
venir l'abondance au moulin. Mais
que peut-on attendre de certains
Maîtres injuſtes & cruels, qui pro-
fitent des talens de leurs ſubalter-
nes pour faire une brillante fortune, & qui bien loin de leur ſavoir
gré des peines qu'ils ſe donnent,
en leur accordant des récompen-
ſes proportionnées à leurs travaux,
leur ôtent même juſqu'à la foible con-
ſolation de paroître contens de leurs
ſervices? Que de Garos dans le mon-

de ! Hélas ! fi ces hommes orgueilleux étoient tout-à-coup dépouil-
lés de leurs richeffes , ils feroient
plus vils , plus bas , plus rampans
que le dernier de leurs valets, qu'ils
n'auroient pas même le mérite de
remplacer !

L'efclavage de Belle-oreille chez
Garo dura fix ans. On ofe le dire ,
le terme étoit affez long pour éprou-
ver fa patience ; néanmoins il ne
s'échappa jamais. La mauvaife humeur ne prit point fur fon caractere
doux & pacifique , & tout le monde fe louoit d'une conduite dont on
n'avoit pas encore eu d'exemple.

Enfin Belle-oreille changea de
Maître , & il eut le bonheur de tom-
ber entre les mains de Jacques Féron , dont le métier eft de blanchir

le linge de plufieurs particuliers de cette Ville. Quelle différence de condition ! Il s'en faut bien pourtant que Féron foit auffi riche que Garo, mais il ne cherche point à le devenir par des voies illicites : il eft compatiffant pour les malheureux, parce qu'il eft malheureux lui-même; il apprécie le travail de chacun , parce qu'il eft le premier à l'ouvrage , & qu'il fe connoît en ouvriers ; il tâche d'adoucir par les meilleurs procédés , les peines de ceux qui le fervent , & il eft plein de reconnoiffance de leurs fervices quoiqu'il les paye , parce qu'il fait que la Providence nous a tous fait naître égaux. Il fait fouvent cette judicieufe réflexion : Pourquoi faut-il qu'un homme de mérite, forcé pour

vivre, de vendre ſes talens & ſa liberté, ait encore à ſouffrir des du-
retés, des hauteurs & des injuſtices
de la part d'un ſot, dont la fortune
a rempli les coffres en lui laiſſant la
tête & le cœur vuides? N'eſt-il pas
aſſez humilié de lui être ſubordon-
né? C'eſt ainſi que Féron penſe &
raiſonne; auſſi eſt-il aimé de tout
ſon domeſtique, & reſpecté au-de-
hors. Son Aſne étoit donc le plus
heureux des Aſnes! Quatre ans s'é-
coulerent ſans qu'il s'apperçût de
ſon eſclavage; mais doit-on ſe flat-
ter ici bas d'un bonheur conſtant &
durable?

Le métier de Féron le forçoit tous
les huit jours d'aller à la Ville, ac-
compagné de ſon fidele Belle-oreille, qui lui ſervoit à porter ſon lin-

ge. Le premier Juillet de l'année

* 1750. derniere, * jour fatal à l'innocence de Belle-oreille, la femme de Féron eft obligée de venir à Paris; elle ne prend point d'autre monture que fon Afne. Ce paifible animal étoit connu depuis long-temps, comme on le dira dans la fuite, pour n'avoir jamais caufé de dommage, *ni bleffé, ni offenfé perfonne, ni fait de malice dans le pays.* La femme de Féron defcend chez le fieur Nepvéu, Marchand Epicier, demeurant à la Porte Saint-Jacques, pour y acheter du favon & de la foude; comme elle avoit aufli befoin de fel & que le regrat étoit à quatre portes plus bas, elle attacha prudemment fon baudet par le licol aux barreaux de la boutique du fieur

Nepveu, qu'elle pria de veiller fur fon Afne.

C'eſt ici proprement que commence le détail de la Cauſe qui eſt foumiſe au Tribunal du Public. On ne doit point cependant favoir mauvais gré de ce qu'on s'eſt étendu d'abord fur des faits, ou étrangers, ou totalement inutiles. C'eſt un uſage établi au Barreau & qui n'eſt gueres interrompu, qu'autant que l'Avocat uniquement occupé de ſa cauſe & guidé par le goût, fait expoſer le fait avec une noble ſimplicité, ne court point après l'eſprit, fuit les vains ornemens, joint à une logique ſûre le ſentiment exquis du beau; touche, perſuade, entraîne par la force & la vérité de ſes raiſonnemens; enfin, ravit, enchante fes Lecteurs , ou fes Auditeurs , par les charmes du ftyle & par la beauté d'une diction toujours pure.

Nous avons laiffé la femme Fé-ron au regrat. Hélas ! elle ne pen-foit gueres à la trifte cataftrophe qui alloit la défoler. La femme d'un nommé *Pierre Leclerc*, Jardinier fleu-rifte , vient à paffer. Elle étoit mon-tée fur une Afneffe , dont l'éduca-tion avoit été bien différente de cel-le de Belle-oreille. Sa mere , n'ayant de temps à donner qu'à fes plaifirs , comme bien des meres , loin de prendre foin de l'enfance de fa fil-le , l'avoit abandonnée à des foins étrangers & mercénaires. Dès l'âge le plus tendre , elle alloit fouvent feule aux bois & dans la prairie, où libre du joug de la décence & de

la pudeur, si nécessaires à son sexe,
elle faisoit retentir les échos de ses
hin-hams amoureux, appelloit les
amans, & les sentoit à la piste. Aussi
du plus loin qu'elle apperçut l'Asne
de Féron, se mit-elle à braire trois
fois. Soudain elle double le pas; à
mesure qu'elle approche, l'objet lui
paroît plus beau : enfin, elle s'arrê-
te près de Belle-oreille. Ses regards
avides & curieux le mesûrent de la
tête aux pieds : un feu séditieux s'al-
lume aussitôt dans ses veines : alors
ne pouvant autrement exprimer son
amour, elle se met à braire d'une
façon si tendre & si expressive, que
Belle-oreille en est ému. Il lui ré-
pond dans le même langage, il veut
s'approcher d'elle, mais son licol
le retient. Rien n'est impossible à

la paffion : Belle-oreille agitant fa
tête , rompt à la fin tout obftacle ,
& oubliant en un inftant les beaux
jours de fa premiere innocence , il
fuit l'Afneffe.

Il faut l'avouer , Belle - oreille
étoit dans fa douziéme année. Il n'a-
voit point cherché à adoucir la ri-
gueur de fon célibat volontaire par
les moyens qu'employent ordinairement nos célibataires , gens , qui
vantant fans ceffe le bonheur de vivre ifolés & fans chaînes , chantent
la liberté & profeffent le libertinage : trop heureux d'être privé de
vivre en fociété avec des êtres qui
penfent & qui raifonnent, leur exemple & leur philofophie n'avoient
point corrompu fes mœurs. Il n'a-
voit point encore connu d'Afneffes.

410.

Ce n'eſt pas qu'il n'eût eu différen-
tes occaſions de perdre ſa premiere
innocence. Sa chaſteté avoit eu ſouvent à eſſuyer de fréquentes atta-
ques, non-ſeulement de la part de
pluſieurs Aſneſſes jeunes & fringuan-
tes ; mais encore de quelques vieil-
les Bouriques, d'autant plus dange-
reuſes qu'elles ont plus d'expérience, & qu'elles ſavent l'art de faire
trébucher la jeuneſſe dont elles
cueillent preſque toujours la fleur.
Cependant ſoit philoſophie (*), ſoit

(*) Un Aſne Philoſophe ! Pourquoi non ?
Il y en a tant d'autres. Le manteau de la Philoſophie eſt aujourd'hui ſi large, ſi ample, ſi
étoffé, il prête tant, qu'il couvre des milliers de
Philoſophes dont on ne ſoupçonneroit pas même
l'exiſtence, s'ils ne s'efforçoient pas de vouloir
{éclairer l'Univers avec la petite lanterne ſourde
dont la Nature leur a fait préſent & qui leur ſuffit à

chagrins domeftiques , foit peut-
être que le moment de fa chûte ne
fût pas arrivé , il fe garantit toujours de la paffion de l'amour , qui
eft ordinairement la plus forte chez
la gent Afine , parce qu'elle poffe-

peine pour fe conduire. Quel vent à donc foufflé
fur nous., pour nous caufer ces vapeurs, ces ver-
tiges philofophiques qui nous défolent , & nous
rendent fi fombres & fi rêveurs? Ne feroit-ce pas
à nous que Virgile par un efprit prophétique,
auroit adreffé cette vérité ?

O ! fortunatos nimiùm fua fi bona nôrint !

Hé ! foyons ce que nous avons toujours été ,
preux , vaillans, généreux , galants , joyeux ,
difpos : redoublons d'amour pour nos Rois, bat-
tons nos ennemis , chantons comme nous fai-
fions jadis ; furtout ayons de la Religion & des
mœurs. Toute autre philofophie capable de
changer , d'altérer même tant foit peu l'heureux
naturel de notre Nation , feroit une philofophie
perfide: elle nous ôteroit, elle anéantiroit en nous
des fentimens , des confolations, des plaifirs qu'elle ne nous rendroit jamais.

de par excellence l'heureux don de la satisfaire.

On fera peut-être étonné qu'a-près avoir lutté aussi long-temps con-tre les avantages de la nature, Belle-oreille se soit laissé vaincre par une inconnue, & que sa défaite ait été l'ouvrage d'un moment. Et nous qui avons la raison pour Égide, nous qui avons sucé le lait de la plus pure morale, nous qui l'enseignons, de combien de sotises, de folies, d'ac-tions honteuses, dont les bêtes elles-mêmes rougiroient, ne sommes-nous pas capables? Que de princi-pes excellens n'étouffons-nous pas sachant bien que nous nous éga-rons? Pour quoi donc faire le pro-cès à l'instinct, quand notre raison est si foible? Amour ce font-là de tes jeux! Tu te ris également de la raiſon des hommes & de l'inſtinct des animaux ; mais dans le partage que tu fais de tes dons entr'eux & nous , tu ne nous laiſſes que les peines.

Cependant il eſt à préſumer pour l'honneur de Belle - oreille, que ſi l'Aſneſſe ne ſe fût pas miſe à braire , elle ne lui eût pas fait tourner la tête : il fût reſté dans la même attitude qui lui tenoit les yeux collés ſur les barreaux de la boutique où il étoit attaché. Malheureuſement il détourne ſes regards , il cherche d'où peut venir la voix qui frappe ſi tendrement ſon oreille , & qui pénétre juſqu'à ſon cœur. Il apperçoit (quel objet !) la plus jolie Aſneſſe du monde. On ne doit point le diſſimuler : l'Aſneſſe de Leclerc eſt une blonde argen-

tée ; ſes yeux ſont grands, vifs, &
ne reſpirent que la tendreſſe : ſa
taille eſt légere, ſon embonpoint
inſpire la volupté : ſa jambe eſt fine,
& quand elle marche, ſon allure
ſimple & ſans art eſt des plus ſédui-
ſantes. Le moyen que Martin pût ré-
ſiſter à tant de charmes? Il ne reſ-
ſembloit pas à nos jeunes vieillards
de trente ans, êtres compoſés en
apparence d'air & de feu, mais réel-
lement de brouillards & de glace.
Il conſervoit dans un âge déja fort
avancé pour ſes pareils, toute la
fraîcheur, toute la ſanté, toute la
vigueur de la jeuneſſe. Auſſi l'Aſneſſe de Leclerc pas plus novice
que nos femmes galantes, & plus
heureuſe qu'elles dans ſon choix, ne
s'y méprit-elle pas.

Quoi qu'il en foit, voilà donc la femme Leclerc, l'Afne & l'Afneffe qui marchent de compagnie. C'étoit le moment, fi la femme Leclerc n'eut pas eû de mauvais deffeins, de chaffer l'Afne, ou de le rattacher elle-même aux barreaux de la boutique du fieur Nepveu ; le premier paffant même, fi elle l'en eût prié, lui eût rendu ce fervice. Elle devoit bien s'attendre à toute l'inquiétude dans laquelle la perte de l'Afne jetteroit celui auquel il appartenoit ; mais foit malice noire, foit envie d'avoir de la race de Belle-oreille, elle ne s'oppofa point à fa pourfuite.

Tant que ces animaux marcherent enfemble, Belle-oreille ne commit aucune indifcrétion, malgré

les

les œillades agaçantes que lui lan-
çoit de temps en temps l'Afneffe de
la femme Leclerc. Il fe contentoit
feulement de la contempler, & de
lui faire voir la vive impreffion
que fes charmes faifoient fur lui.
Quoiqu'il y eût fort loin de la
boutique du fieur Nepveu à la maifon de la femme Leclerc, ni l'un
ni l'autre ne s'apperçut de la lon-
gueur du chemin. Enfin ils arri-
vent tous trois à la porte du Demandeur. La femme Leclerc faute à bas
de fon Afneffe. Que ne puis-je pein-
dre la promptitude avec laquelle
Belle-oreille la remplaça ! l'éclair
eft moins prompt. Plein du feu qui
le dévore, il s'agite ; déja l'Aneffe
eft convaincue que fon ardeur n'eft
point feinte ; elle partage fes tranf-

C

ports, lorfque la Jardiniere faifif-
fant un lourd bâton, fond à grands
coups fur le couple amoureux. Il
n'eft point de plaifir qui ne céde
à la douleur. L'Afne fe fentant
frapper fi cruellement devient fu-
rieux. Ce n'eft plus l'objet de fes
plaifirs qui l'occupe, c'eft le foin
de fa vie : il la défend de la dent &
du pied : la rage le fait écumer ; il
fe jette à fon tour fur la femme Leclerc. Il n'eft pas jufqu'à l'Afneffe
qui ne fe venge fur fa Maîtreffe de
l'interruption de fes plaifirs. Les
cris de la femme Leclerc, les ru-
giffemens de l'Afne & de l'Afneffe font retentir les airs : tout le
Quartier en eft ému ; on accourt
au bruit : le defordre de la Jardiniere, l'attitude de l'Afneffe, les

yeux étincelans de l'Afne, fes flancs qui battent, d'autres marques plus fenfibles encore, tout fait juger de la fcéne qui vient de fe paffer. On s'empreffe de rétablir le calme ; on y parvient, mais l'Afne perd fa liberté.

Tout étant rentré dans l'ordre, & la chaleur de l'action paffée, la femme Leclerc s'apperçoit qu'elle a été mordue au bras. Sans doute fon deffein avoit été de s'approprier l'Afne ; mais elle change bientôt d'avis. Elle contemple fa plaie & y voit avec une fecrette joie les moyens de fatisfaire à la fois fon avarice & fa vengeance. Il ne s'agiffoit plus que de favoir à qui appartenoit l'Afne. Auffitôt elle envoye (le 2 Juillet 1750) chez le fieur Nepveu à la porte duquel elle avoit trouvé la veille, l'Afne attaché aux barreaux de la boutique, & lui fait dire, *que fi quelqu'un avoit perdu un Afne, il pouvoit venir le chercher chez un Jardinier Fleurifte, Fauxbourg St. Marçeau, proche les Gobelins.*

Féron dans l'inquiétude que lui caufoit la perte de fon Afne, n'avoit pas fermé l'œil de la nuit. Il avoit couru la campagne, la ville & les fauxbourgs; mais inutilement. Enfin il étoit réfolu à faire battre le tambour lorfque Nepveu lui fait part de la bonne nouvelle qu'il vient de recevoir. Il en pleure de joie, court à fa maifon, ordonne à fa femme de partir fur le champ: elle part, arrive chez Leclerc, redemande fon Afne : mais quelle fut fa furprife lorfqu'au lieu de le lui rendre, la femme Leclerc la menace de la ruiner ! C'eft vainement que la femme Féron veut amollir le cœur de la cruelle Jardiniere ; fes pleurs, & fes prieres n'y peuvent rien ; elle eft forcée de laiffer fon Afne en captivité chez Leclerc, & de repartir le défefpoir & la trifteffe dans l'ame.

La menace que la Jardiniere avoit faite, fut effectuée le lendemain. Elle rendit plainte devant le Commiffaire l'Aumonier, & la fit affigner le même jour pour fe voir condamner à lui payer une fomme de 1500 livres de dommages & intérêts, & vingt fols par jour pour la nourriture & fourriere de fon Afne.

C iij

Les Parties se sont présentées à l'Audience, & la Sentence qui intervint le 21 Août dernier, permit à Leclerc de faire preuve, sauf à Féron à la faire au contraire, & que néanmoins son Asne lui seroit rendu à sa caution juratoire.

Leclerc a fait son enquête le 29 du même mois; mais les dépositions des témoins sont contraires aux faits articulés dans sa plainte. Féron plus sage & moins en état que son adversaire de faire une dépense inutile, s'épargna les frais d'une enquête respective.

Tels sont les faits dont on avoit à rendre compte. Les moyens de Féron sont de nature à ne laisser aucun doute sur le succès de sa Cause.

M O Y E N S.

Quelle eſt la demande de Leclerc ? En quoi conſiſte - t - elle ?
1°. Il prétend 1500 livres de dommages & intérêts pour la morſure
que l'Aſne de Féron a faite à ſa femme. 2°. Il exige vingt ſols pour la
nourriture de l'animal qu'il tenoit
priſonnier, mais dont il ſe ſervoit en
même temps pour aller au marché. La
plaie fait donc l'objet des 1500 l. de
dommages prétendus par la femme
Leclerc. Cette plaie eſt large &
profonde, s'écrie ſon mari! mais, fût-
elle cent fois pis encore, Leclerc
pourroit-il ſeul en être cru ? N'eſt-
ce pas le cas de dire ; *domeſticum teſti-
monium reprobatur?* Où eſt le rapport
des Chirurgiens pour conſtater cette

C iv.

largeur & cette profondeur énor-
mes dont se plaint Leclerc ? D'ailleurs est-ce l'Asne ou l'Asnesse qui a
mordu la femme Leclerc ? car l'un
& l'autre ont agi contr'elle. 1°. Si
c'est l'Asne, la Jardiniere n'a que
ce qu'elle mérite. Dequoi s'avisoit-
elle de frapper inconsidérément
cet animal, dans le moment où il
marquoit sa joie de l'avoir suivie ?
L'Asnesse ne répondoit-elle pas à la
politesse ? Autre chose est s'il eût
voulu la prendre de force : mais
comme on l'a déja dit, c'est la fem-
meLeclerc qui a été chercher l'Asne
de Féron. C'est-elle qui l'a enlevé
à son maître par le rapt le plus
marqué & le plus punissable. La
preuve en est claire. Il lui étoit fa-
cile de s'opposer à la poursuite de

l'Aſne : elle ne l'a pas fait. Donc elle eſt coupable de rapt ; & ſi quelqu'un eſt en droit de demander des dommages & intérêts, c'eſt aſſurément Féron.

Envain Leclerc dira-t-il que ſa femme a fait tout ſon poſſible pour chaſſer cet Aſne : perſonne ne le croira, lorſqu'on réfléchira ſur la diſtance qu'il y a de la porte Saint Jacques aux Gobelins. En effet eſt-il vrai-ſemblable que la femme Leclerc n'ait pas rencontré dans tout le chemin une ame charitable pour la délivrer des importunités du Baudet ? diſons donc que la femme Leclerc avoit deſſein de le garder pour s'en ſervir.

2°. Si c'eſt l'Aſneſſe de la femme Leclerc qui l'a mordue, nuls dommages à demander. Il eſt même plus

que probable que l'Afnesse seule a
commis le délict. Il ne faut que
réfléchir sur la position des Parties.
Il est vrai que les coups ont tombé
d'abord sur l'Afne qui a été défar-
çonné du premier coup. Il lui a
fallu nécessairement un temps pour
aller jusqu'à la Jardiniere, tandis
que l'Afnesse n'a pas eu besoin de
se déranger pour l'atteindre. Elle
avoit autant de raisons que l'Afne
pour mordre celle qui venoit jetter
le trouble, où il ne falloit que la
paix ; sa colere avoit le même prin-
cipe, la même cause ; elle avoit à
venger la même injure. Rien donc
de plus naturel qu'elle ait mordu
la premiere la femme Leclerc. On
suppose néanmoins pour un moment que ce soit l'Afne seul qui ait
fait une plaie assez large & assez

profonde à la femme Leclerc, pour
que son mari s'en plaigne tout haut.
On conçoit bien qu'un Asne, sur-
tout dans la fureur où étoit celui
de Féron, est capable d'en faire une
de cette espéce. Mais Leclerc sera-
t-il reçu à faire valoir sa plainte
quand il aura laissé passer six semai-
nes sans la former? Aureste aucun
des témoins ne dépose clairement de
ce fait, & quand il seroit vrai, dans
quelle circonstance est - il arrivé ?
Qui est l'aggresseur ? la femme Leclerc. Ce n'est donc qu'à son corps
défendant que l'Asne s'est vengé.

On va plus loin. La loi parle en
faveur de l'Asne. Qui l'a engagé à
casser son licol? l'Asnesse. Qui des
deux s'est mis à braire le premier ?
l'Asnesse. Qui l'a porté à suivre la

Jardiniere jufqu'aux Gobelins? l'Â-
neffe. Qui pouvoit enfin empêcher
tout ce défordre? la femme Leclerc. Elle & fa Bourique, font
donc les feules coupables. D'ailleurs ignoroit-elle l'intempérance
de fon Afheffe? elle pouvoit, elle
devoit donc prendre des précau-
tions. Or la Loi dit : *Si quadrupes*
pauperiem feciffe dicatur : ce qui figni-
fie dans l'efpéce de notre caufe; *fi une*
bête a fait quelque malice : & ailleurs :
fi alia quadrupes aliam concitavit , ut
damnum daret, ejus quæ concitavit no-
mine agendum erit. Ce qu'on doit tra-
duire ainfi : *fi une bête en a féduit une*
autre, c'eft au maître de la bête féduc-
trice qu'il faut s'en prendre. L'Afne a
été féduit par l'Afneffe. C'eft donc
la femme Leclerc qui doit les
dommages & intérêts.

(45) 419

Mais qu'eft-il befoin de citer la loi, lorfque nous avons dans notre fac une piéce victorieufe pour confondre l'impofture. C'eft le certificat du Curé & des Notables de la Paroiffe de Vanvres en faveur de l'Afne de Féron. On a dit plus haut que c'étoit l'animal le plus doux & le plus pacifique qu'on ait encore vu. Aura-t-on quelque doute fur la vérité de ce fait quand il fe trouve fi authentiquement attefté ?

NOUS fouffignés, Prieur Curé & Habitans de la Paroiffe de Vanvres, avons connoiffance que Marie-Françoife Sommier femme de Jacques Féron, avoient UN ASNE *depuis quatre ans pour le fervice de leur commerce, & que pendant tout le temps qu'ils l'ont eu*

(46)

PERSONNE NE L'A CONNU MÉ-
CHANT ET N'A JAMAIS BLESSE'
PERSONNE ; *même pendant six ans
qu'il a appartenu à un autre Habitant,
qu'aucun ne s'en est jamais plaint ;*
NI ENTENDU QU'IL AIT FAIT
DE MALICE DANS LE PAYS: *en
foi de quoi, Nous souffignés lui avons
délivré le préfent témoignage. A
Vanvres ce 19 Septembre 1750.
Signés,* PINTEREL, Prieur & Curé
de Vanvres, JÉROME PATIN, CLAU-
DE JANNET, LOUIS RÉTORÉ, LOUIS
SENLIS, CLAUDE CORBONNET.

On eft tenté de croire à la fim-
ple lecture de ce certificat qu'il eft
donné à un Marguillier, à un bon
Paroiffien : il eft pourtant certain
que c'eft à l'Afne lui-même. Il eft
le premier dont de graves & no-

tables perſonnages aient atteſté les mœurs & la bonne conduite. La probité des Atteſtans eſt ici d'un grand poids, & ne peut être ſuſ-pecte. *Perſonne*, diſent-ils, *ne l'a connu méchant & n'a jamais bleſſé perſonne.* L'Aſne eſt naturellement bon & patient; Il ne devient mé-chant, indocile & têtu qu'autant qu'il vieillit ou qu'il eſt maltrai-té : (*) or, par quelles épreuves cruelles l'Aſne de Féron n'a-t'il pas paſſé ? Quels mauvais traitemens n'a-t-il pas ſoufferts en conſervant néanmoins ſon caractere doux & pacifique ? On ne l'a *jamais connu méchant.* Jamais méchant ! Quel éloge ! Combien peu de gens vi-vans dans la bonne compagnie le méritent ! tandis qu'on y rencon-

(*) Voyez Hiſt. Naturelle, tom. 4. pag. 391 393. in-4°.

tre tant d'Afnes qui fe font une réputation de Méchanceté en s'établiffant les Tyrans des Cercles qu'ils fréquentent, & où on les détefte en les careffant de peur d'en être mordu. D'où naiffent ces brouilleries éternelles, ces indifcrétions odieufes, ces rapports offenfans, ces ridicules cruels, ces calomnies atroces, ces médifances injuftes, ces animofités, ces haines invétérées qui défolent les meilleures fociétés, fi ce n'eft d'un homme méchant ou d'une femme méchante qu'on y reçoit? Que l'Afne de Féron eft loin de mériter de pareils reproches! Il fréquentoit tous les jours la prairie avec fes pareils : il les carreffoit, en étoit aimé, vivoit avec eux dans la meilleure intelligence, juf-

qu'à

qu'à leur céder le chardon qu'il avoit choisi. Il étoit souvent témoin, comme on peut le croire, de scénes, amoureuses, de jalousies, de querelles, d'infidélités; alors il se retiroit avec modestie & discrétion, & se tenant à l'écart il cherchoit paisiblement sa nourriture. En un mot il portoit dans la société un cœur droit & sincére, un caractere plein de discrétion, de douceur & d'aménité; un esprit docile, simple & modeste; & c'est ce qui lui a mérité le glorieux certificat de son Curé.

Continuons d'en peser les termes. *Aucun Habitant ne s'est jamais plaint, ni entendu qu'il ait fait de malice dans le Païs.* Point de plaintes d'aucune espéce: quand il n'y auroit que ce témoignage, il suffiroit

D

feul ; pour détruire les calomnies
de la femme Leclerc. Mais ce
que le certificat ajoûte , met le
comble à l'éloge. On n'a pas même *entendu dire qu'il ait jamais fait
de malice dans le Païs* , depuis dix
ans qu'il y étoit connu. Voila donc
fes bonnes mœurs paffées comme
préfentes , hors de toute atteinte.
Car que veut dire , *n'a point fait
de malice dans le Païs ?* finon , que
l'Afne de Féron ne courroit point
après les Afneffes de fes voifins ,
qu'il n'étoit point fujet , quoique
jeune & vigoureux , à l'intempérance & au libertinage, qu'il fuyoit ,
qu'il déteftoit ces Afneffes effron-
tées qui plongent avidement leurs
regards lafcifs fur l'objet de leurs
defirs ; enfin qu'il ne féduifoit point
celles dont l'innocence étoit fous

la garde de la pudeur, de l'honnê-
teté & de l'heureuse inexpérience
du mal. C'est ce que le Curé & les
Habitans ont voulu exprimer par
le mot *malice*. Etoit-ce la conduite
d'un jour ? non. L'hypocrisie n'y
avoit point de part. L'Asne de Fé-
ront étoit connu dans le Village
depuis dix ans. Faut-il une preuve
plus convaincante contre la femme Leclerc ? En effet l'Asne de
Féron auroit-il attendu dix années
pour faire percer son caractere ?
seroit-il devenu tout-à-coup que-
relleur, libertin, homicide même ? On sçait qu'il ne faut que la
plus légere occasion pour faire
broncher la vertu la plus pure: mais
tombe-t-elle pour cela ? Les de-
grés qui mennent aux vices ne se

（52）

franchiffent aifément que par les ames naturellement vicieufes & hypocrites. Enfin la femme Leclerc n'eft pas recevable dans fa Plainte, & on en doit plutôt croire de fages Habitans qui atteftent auffi authentiquement qu'ils le font, que l'Afne de Féron eft un animal *incapable de bleffer perfonne & de faire de malice.*

Quoi! parce que les mœurs font aujourd'hui fi corrompues, que la plûpart des femmes font fans pudeur & les hommes fans retenue; que le vice marche effrontément tête levée, tandis que la vertu n'ofe fe produire qu'elle ne foit calomniée ou tournée en ridicule; que l'ignorance ravit au mérite & au fçavoir les places, les récompenfes qui leur

font dues ; qu'un luxe outré couvre
d'un éclat trompeur l'abyme où la
fortune hâtive & fouvent criminel-
le de tant de particuliers, eft prête à s'engloutir : enfin parce qu'une
philofophie nouvelle s'efforce d'é-
teindre dans nos cœurs & dans
nos efprits le flambeau de l'antique
& véritable fageffe, & que le dé-
bordement funefte des Villes ga-
gne déja depuis long-temps les
Campagnes; la femme Leclerc s'ima-
ginera que tout eft changé en mal
dans la nature? Elle portera le même jugement de l'Afne de Féron
que celui quelle porte de fon fié-
cle? Quelle fçache du moins que
fi la raifon s'obfcurcit de jour en
jour chez les hommes, l'INSTINCT
des bêtes eft toujours le même. C'eft

donc à tort que la femme Leclerc attaque l'Afne de Féron dans fa réputation qui feroit encore entiere, fans le délict involontaire qu'il à commis, & qui ne peut être regardé que comme l'ouvrage de la fatalité.

Quant à la demande de vingt fols par jour qu'exige Leclerc pour la nourriture de l'Afne, elle tombe d'elle même. Pourquoi le gardoit-il ?

On fe flatte d'avoir établi les faits avec l'exactitude la plus fcrupuleufe, & les moyens avec toute l'étendue que la Caufe mérite. C'eft au Public à prononcer : quel que foit fon jugement, il fera toujours équitable.

Ridiculum acri
Fortiùs & meliùs magnas plerùmque fecat res.
Hor. Liv. I. Satyr. X.

www.ingramcontent.com/pod-product-compliance
Lightning Source LLC
Chambersburg PA
CBHW061655180626
46818CB00003B/1105